川柳句集

あした吹く風

Hayashi Ryusen SENRYU Collection

Ashita fuku kaze

林 柳泉

新葉館出版

林柳泉川柳句集「あした吹く風」発刊に寄せて

柳泉さん、句集発刊おめでとうございます。

句集を発刊するには、精神的にも肉体的にも大変なエネルギーを必要とすることでしょう。柳泉さんのバイタリティーに、今更ながら感服脱帽する次第です。

柳泉さんから「句集を出すので、序文をお願いしたい」との電話、突然のことでびっくり、而も柳泉さんが句集発行の準備をしていたとは夢にも知らず、全くの寝耳に水。「私ごときが序文とは烏滸がましい限り」と、一応お断りしましたが、柳泉さんの熱意に打たれて結局はお引き受けすることにしました。

「柳泉」の雅号は、平成二年一月、札幌川柳社の当時の主幹斎藤大雄氏から戴いたと伺っています。

柳泉さんと私とのお付き合いが特に濃くなったのは、平成九年一月に、柳泉さんが名古屋川柳社の同人になられて以来です。同十二年四月からは会計係を担当され、毎月開かれる理事会に出席、会の運営を支えられました。

当時の名古屋川柳社の役員を回顧すると、

顧　問　浅井　静允（元名古屋市助役）
相談役　原　　仙波、石森騎久夫
主　幹　吉原　辰寿
副主幹　磯川正太郎、永井河太郎
総　務　松代　天鬼（現愛知川柳作家協会会長）
会　計　林　　柳泉

の各氏でした。うち大半の方が既に鬼籍に入られ、今昔の感に感慨無量の思いです。

柳泉さんのその頃の句

がらくたを踏んで男の道を行く
転勤の暫く欲しい胃のくすり
深追いと火傷してから気付いてる

光らない玉を磨いている苦労
初恋に似ている香り擦れ違い
柳泉さんは、作句について常に、川柳の所謂三要素「穿ち」「諷刺」「滑稽」をかたくなに守り、作句の信条とされています。
柳泉さんの足跡を覗いてみます。
昭和六十二年十月、NHK学園「川柳春秋」に入門、これが川柳作句の始まりと聞いています。平成元年四月「豊橋やしの実会」に、同年十月「札幌川柳社」に入会、平成五年五月には、住所地に近い「尾張旭川柳同好会」に入会するなど、幅広く作句活動を展開されています。
「川柳あさひ」に最近登載された句
おしゃれよりお顔が生きているおしゃれ
風が運ぶ噂はいつも途中下車
信号の多い街から見る活気
昭和二十年四月「さざなみ川柳」に入会。
さざなみ川柳は、創設以来会員は女性に限られた友好の会でしたが、時代の流れに伴って男性も入会することができるようになり、柳泉さんはこれに入会、このように交流の場を広め、活動をされています。

ちなみに、さざなみ川柳の「文化のみち二葉館」吟行会に参加された際の句を紹介。

チームワークぴったり合った吟行会

貞奴三味線持って仲間入り

ご馳走に肘尽き合わせ箸をとる

なごやかな雰囲気の中に柳泉さんの人柄が窺われます。

柳泉さんは、各地の川柳大会にも積極的に参加され、幾多の賞を受けておられます。

○平成九年　びわこ番傘四百号記念大会

秀句賞　向い合う私に鏡照れている

○平成十二年　ＮＨＫ学園全国川柳大会

大賞　古時計家族のような音で鳴る

○平成二十三年　愛知川柳作家協会年度賞

優秀句賞　リハーサルなしの笑顔が美しい

その他数々の賞を受賞され、数えあげれば枚挙に遑がありません。これからも、健康に留意され、楽しい句を詠んで聞かせてください。

この度の句集発刊の陰には、奥様の深いご理解があったことと推察します。奥様、本当にご苦労様でした。

改めて柳泉さん、奥さん、おめでとうございます。

平成二十七年十二月吉日

名古屋川柳社相談役
永井　河太郎

あした吹く風 ■ 目次

川柳句集

あした吹く風

発刊によせて

趣味の短歌から川柳に道を変えたのは、平成元年一月。札幌川柳社主幹・斎藤大雄先生から雅号「柳泉」をいただき少し本気になった。ここで、忘れられない愛知柳界の大御所二人との出逢いを…。尾張旭川柳同好会で句会を始めた。三か月の時、わたしの席の横で足を止めたのは、名古屋番傘の相談役・神谷三八朗先生。「句箋には、ボールペンより4Bなんかの濃い鉛筆を使うといいよ」と教えていただいた。

名古屋川柳社の句会が、西区のサンライフ会館で行われていた。「グループ創」の主幹・石森騎久夫先生が、タクシーで時々出席された。帰り道が同じ方向なので数回お送りした。「そこのバス停で…」と言われ停車、川柳談義の続きを聞いていると、市バスからクラクションで叱られたこともある。

名古屋の句会が中区の大須になってから句会終了後、吉原辰寿、森川義美（二人は鬼籍）、永井河太郎、山口晃、松代天鬼諸氏等と酒を飲んで、これが川柳句会なのだと楽しんだ。

大会の雰囲気が好きなわたしは、各地大会に出席。先輩たちにも臆せず接し交流をして頂いた。

柳歴二十八年、始めた頃より着想もくすんで、進歩のない句を飽きもせずに作句している。

十二月、ノートに書き留めておくだけより活字に残しておきたい気持ちになった。来年は、わたしの干支の申。そして、一月二十八日は、結婚五十五周年。その気持ちを一層強くした。

十二月八日、新葉館出版副編集長・竹田麻衣子様に電話で相談。電話、ファックスなど、数回の打ち合わせでとんとんと話が決まり、句の整理を始めた。

各地大会（誌上大会）句会入選句等、五千句を郵送。

整理中、躊躇いもするような稚拙な句も多く見受けられたが、意を強くして編集を依頼した。後は結果を待つだけ、一日一日を楽しみにしている。

平成二十七年十二月

著　者

第一章

真面目な鬼

酒飲むと
ははの
自慢が
したくなる

五ひく三答え夫婦と笑う妻

ちちははのどちらに似ても世辞になり

年金で買って寝て待つ宝くじ

シューベルトの曲が静かに箸とらす

孫が追うアヒルが逃げる春うらら

この先を生きる年数指で折れ
鏡との対話おんなとしての妻
強がりを妻の目しっかり見抜いてる
朝シャンでヘアを気にするやさ男
俺の癖庇ってくれる妻がいる

末席の気楽な酒がよくまわる
ひとつずつ覚える孫に教えられ
妻の留守三分間を待っている
持ち帰る不孝を妻はそっと置く
邪魔な手と知らない孫のお手伝い

妻の目を気にして横の美人みる

傷口を深くさせます秋の虫

土瓶むしまつたけ一枚探す箸

強くなった筈の女が泣いている

線香の煙ひとすじ母の通夜

ネジ巻きの時計が義理の音を出す

同郷で方言消えぬ夫婦仲

つっかけの笛が鳴ってるかくれんぼ

一杯のコーヒーで聞く友の愚痴

後悔を忘れた酒がまた並ぶ

コントから二人の愛が歩き出す
エプロンのままで撮りたい妻の顔
飲みっぷり亡父そっくりと喜ばせ
口紅の色を決めてる妻が好き
父の背をナビゲーションにして歩く

流行を追わない妻の夏帽子
手の届く範囲に妻が居る安堵
馴染まない入歯に若さ逃げていく
燃えた恋笑って捨てる海がある
一つだけ秘密を持った人間味

インスタントコーヒー妻とならうまい

後退が嫌いで敵が多くなる

呑んべえに無駄な意見をして帰る

ゆっくりと定年の駅通過する

いいボール返してくれる妻がいる

この辺で笑うと女可愛いが
内緒話みんな聞える日向ぼこ
母にだけ言えた言葉が弾んでる
あの頃の父から消えた力瘤
吊り橋でもう誰とでも手をつなぐ

家計簿を開きさんまの煙だす

下駄履きの道で小さい秋と会う

志捨てた男が花を愛で

入場券持ってホームの陰に立つ

逆上の口からふっと出る本音

病院への道は音痴のままでいい

志望校ママと先生決めてくれ

七人の敵も平には振り向かぬ

本棚の六法全書よく眠る

初風呂に虎造節が唸り出す

新しい靴が道草許さない

空回りばかり始めた年の功

かあちゃんを前に真面目な酒を呑む

コンタクト外して愛を確める

暇だから離婚用紙を眺めてる

大海に雑魚も居場所がちゃんとある

借用書なしで神から五体借り

勢いのある方向に向く仮面

美しい色におんなは色つける

米を研ぐ小さな夢をくれた人

もういいかい真面目な鬼が目をつぶる
シナリオの波紋を追っているわたし
担々と歩いた道の靴を脱ぐ
交差点悠々渡るのは女
鬼の面つけずに嘘をついている

説明書レンジが読ます妻の留守

ライバルを追うのはやめた充電だ

財産がなくても朽ちること出来る

毒飲んでから補いを考える

ブランコに揺られてノルマ忘れてる

記念日を忘れたふりをする男

湯浴みするおんなをぼかすすりガラス

長生きをしてとこの頃耳にする

漬物が旨い寒さを連れてくる

空転があって国会らしくなり

福の神らしく装う鬼がいる
追伸がいつも気になる父の文
滑らせた言葉包んで持ち帰る
お見合いの二人はケーキ見てただけ
あの家がやっぱり売りに出ているよ

嫁入りの荷からミシンが外される
ひと言を待って女が欠伸する
ＯＢになっても犠打を打たされる
仲のいい夫婦に出口などいらぬ
生きていくリズムに満ちることがない

花売りがあの街角で老いていく
あの人と言うからきっといい仲だ
昇給も踊り場までは早かった
いい話聞いてまあるい耳にする
シーソーに男の方が宙に浮く

憎しみを忘れた頃に風が吹く
軽すぎるみやげで門が開かない
孫が来るそうだ裸婦の絵外さなきゃ
一度でいい美人に好きと言われたい
磨かれた靴玄関で待っている

長老の端にぽつんと僕の名も
まるい輪の中に住めない天の邪鬼
鈍感な奴だウインクしてるのに
小遣いに帳尻なんてあるものか
さざ波が好きという字をまだ消さぬ

遅咲きの花いつまでも美しい
窓際も補欠の椅子が空けてある
風向きが変わると君は美しい
宿帳に並んだ妻が嬉しそう
五分咲きの花を欲しいと男くる

金太郎飴の中から覗く自負
補欠でも芝居の一つぐらいする
旦那さまどうぞトップにならないで
肩の荷を下ろして冥土近くする
マネキンにウインクされてよろけてる

中弛みして深くなる夫婦仲
義理の椅子でコーラス終わる迄眠る
鼻を鳴らす約束だけは反古にする
乱筆と書いて手紙に拗ねられる
恋してる一人歩きが好きになる

招かれた席の高さに身構える

一円にまるみが消えて音も消え

胃カメラで終わりにしたいフルコース

病院にダブルベッドが欲しくなる

新緑に躍動の子と欝の子と

好感を持ったあなたに下手な嘘
時々は嫉妬してますやせ我慢
ライバルの歩幅知ってる靴を履く
拍手より笑いの多い僕の歌
棚卸し赤エンピツがよく折れる

真っ白なページ残したままで父
きれいです今朝も鏡が嘘を言う
実らない僕でもめしはたんと食う
ときめきが消えた男が墓を買う
音立てず僕から消えたいいおんな

母の背を流す湯加減知っている

氏神へノーネクタイの初詣で

円熟の道に矢印などいらぬ

句読点打って笑いの輪に入る

一つずつ絆が消えて傘閉じる

半世紀白いご飯を食べている
青空よ一ついいかい深呼吸
コーヒーで別れの言葉言えますか
雑音の中で人間らしく生き
目を閉じてゆらゆら過去を継ぎ合わす

明日のこともう書いている日記帳

妻一人ムードの中へ誘えない

診察券ポッケに入れた談話室

酒の上男と女パピプペポ

父の日の父たんたんとコップ酒

玄関の花一輪に軽い靴

正直な地図だわが家を点で描く

渋滞の列でもみじを見て帰る

かっこいい言葉敗者も考える

口下手の男黙って花を出す

口数でいつも女にしてやられ
車庫を出る車に鬼が乗っている
窓口で返事をしたのは僕一人
置物の犬も不況を見てるだけ
中くらいの暮しにカレーよく匂う

歯科医とは死ぬまできっとくされ縁

方言が出る頃酒が不味くなる

耳に穴開けてきらきらまだ女

消しゴムで消えない言葉多くなる

ぽんと膝打つほど知恵が回らない

第二章　夢の続き

向い合う私に鏡照れている
涙の色使い分けてる悪女だな
点線で仕切った中でまるく生き
ポリ容器静かに眠る棚の上
酔いどれていてもメーターあがる音

祈る手の中に食欲あり過ぎる

少年に負けてたまるか万歩計

人生は五線譜一枚あれば足り

夫婦喧嘩泣いているのはおや男

ある日ふとペース狂わす診断書

賞味期限七十ですと書かないで
土地買って積み木をしないままでいる
芝居した筈の涙が乾かない
日記には書いておこうか君のこと
釘一本打てぬ男のプロポーズ

鈴鳴らし神を起こしてから祈る
大吉のおみくじ持って待ち惚け
着飾った女に隙が多すぎる
元旦の日の出は丸く描いておく
せがむ言葉知らない妻にネックレス

しんしんと深い眠りを盗む雪
お返しの言葉にさびが抜いてある
褒められた言葉半分妻のもの
馬の足主役の夢を見て歩く
後五分待てぬ男が蓋をとる

成り行きを見ている政治じれったい
二杯目のコーヒーまでは待ってみる
いい子振る仮面ぼつぼつ外そうか
たっぷりと賞味期限がある夫婦
背信の帯解いている音もなく

朝市に探して歩く拾い物
おみくじは吉ラーメンを啜り出す
指切りの余韻をじっと抱いて寝る
陽の当たる場所で盃受けている
丹精に育てた花に躓いた

妻からの玉手箱なら信じよう

当選の酒だけ飲みに来る男

眉つばをしても善人騙される

今風に物言えぬまま朽ちていく

可愛気のあるだんごから串に刺す

落葉踏む夫婦しみじみ長い影

宴会になると肩書付けてくる

虫干しに堪えているほど悪でない

紅葉の下で離婚の話する

追伸の方が泣かせる母の文

真実を書けぬ日記を続けてる

サングラス掛けて多彩な風と会う

不機嫌な花にも同じ水をやる

補聴器をしても聞えぬいい話

仲人に決まって嘘が上手くなる

イエローカード今日も出したい妻の顔
僕の名をなかなか呼ばぬ順不同
値で決めたコースにあった落し穴
低い下駄履いて男が追うロマン
人形と深い眠りに落ちていく

ぽとりぽとり指の雫が人を恋う
ラブレター代筆だからうまく書け
約束を果たした後のいい疲れ
正気ですか私を好きと言ったのは
ポッケから器用に出したラブレター

B面の笑顔にいつもはめられる
コマーシャルのように茶漬けを妻の留守
腹八分三度三度を満たされる
満たされておりますいつも中くらい
嘘一つ言えぬ男が貧しすぎ

黄昏の街で天使に歩を合わす
今日もまた探して歩く風の色
喜劇でも終止符だけはちゃんと打つ
家計簿に書けない数字多すぎる
ハードルを下げて夫婦が睦まじい

味方から崩れていった計りごと
あなたなら水鉄砲で倒せます
ラッキーを一つ拾って坂下る
過去のことみんな忘れた古帽子
超ミニがわしを無視して足を組む

少年に教えたくない変化球
あの風がおやスカートをめくらない
金のない男大空眺めてる
クレヨンの海は溺れるほど青い
先輩のいびきの見張りさせられる

もっともな話家裁で聞いてくる
イントロがまだ続いてる男の譜
年金で軌道修正ばかりする
複製の絵で足りている僕の家
百までは生きよう妻と樹を植える

葬列にライバルの背を見て歩く

竹竿で月を突ついた少年期

茶碗蒸しわたしに謎を掛けてくる

谺にも僕の映画が通じてる

菜箸を母から妻へタッチする

数打てば当たる鉄砲磨いてる
しゃぶられた骨を撫でてるお人好し
逆らった風胃袋で孕ませる
石ころを蹴っても夕日沈まない
口数が減って背中が丸くなる

ポケットからくやしい貌が覗いてる
勝敗がつかないままに朝が来た
天井に届く謀反を考える
クレヨンの絵にエプロンのパパがいる
オヤ君も鼾がないと眠れない

沖からはルール違反の風が吹く
パソコンを古い頭のまま叩く
ネジ巻きの亡父の時計が喋りだす
距離だけはおいて誘いに乗っている
手土産が縛りつけてる頼みごと

古い言葉街のどこかではぐれてる
一杯のビールで受ける軽い役
控え目に影が時々袖を引く
お帰りの声でこころの鍵外す
鏡の前元旦の皺しゃんとなる

おめでたい酒なら浴びる程に呑む
やわらかい手をした鬼が手を握る
殺されるほど保険金掛けてない
相席の煙草のけむり食べている
いい夢を妻たっぷりと皿に盛る

食べ放題僕には用がなくなった
晩酌で人に戻れる夜が怖い
枯木でも髭剃るほどのお洒落する
喜怒哀楽点線で書く臍曲り
鉛筆で書いた夢ならすぐ消せる

家計簿の中に胡座のパパがいる
水槽で夢を食べてる金魚たち
鉛筆が折れたあしたは別れよう
サラブレッドばかりで浴びる砂けむり
輝いた過去賞状も箱の中

いい夢がなかなか見れぬ布団干す
消しゴムを使う言葉が多くなる
寝言までわたしの名前呼んでいる
酒の上とみんな笑って許せない
欠点が多い僕にも妻がいる

おだやかに死にたし命整える

身分証明書見せても犬が鳴き止まぬ

貴婦人もミニスカートがよく似合う

想い出のページにあった波の音

不器用な男で妻が安堵する

ぽとぽとと蛇口の水に急かされる
神様が休日だとは困ったな
洗濯が好きでパジャマを脱がされる
途中までは連れてきました福の神
国産の松茸銭の味で食べ

今晩は赤提灯へ慣れた靴
安っぽい酒がからだに丁度いい
駄目ですと賞味期限に叱られる
妻がいてカップラーメン食べられぬ
筋書きはやっぱり神に委ねよう

ちぎれ雲あらぬ噂も乗せていく
今日からは呑むなと医者が困らせる
テレビ前多忙に遠い生欠伸
ギャルみこし神もにっこりしてござる
人気あるうちに人間終われない

おだやかに夫婦茶碗が動いてる
解けだしたつららに夢の続き追う
食べにくい男だいつも生返事
もう眠いだから返事をしています
装いも新たに誘う振興券

恩を売る男の寝顔鬼でした
ぼろぼろの母の幻追っている
毒消しを飲んで上司に蹤いていく
クラクション鳴らして入る喫茶店
童謡の中に星座が住んでいる

節くれた指は勲章欲しがらぬ
ふんぎりをつけるに金の要る話
技ありの一手ポッケに入れていく
あした吹く風を待ってる奴凧
効能書きぴったり合うが治らない

第三章

晩学のポッケ

三猿主義特効薬と気がついた
梯子酒財布多弁にしてくれる
肩書も仮面も着けぬ友が好き
泥の橋ひとりで渡り眠りたい
控え目な妻が無色のままでいる

竹竿で突いた月は蒼かった
ぴかぴかの車が泣いているマナー
いい感じ持って告白聞いてやる
くすりより妻の笑顔がよく効いた
トロフィーを飾ると坂が見えてくる

残飯に豊かな奢り見ています
横文字の孫のオモチャの名は忘れ
真っ白な皿へ告げ口置いてくる
シナリオの終わりはあなたしかいない
絵に描いたような退屈続けてる

ミュージックホールで終わりまで眠る
カラオケに外れた歌で人気者
近頃は料理を前に見てるだけ
野心のない男だ犬とじゃれている
稲光りするから恐さ倍になる

寂しいから貧しいなんて考えぬ
平凡な日を人間は忘れてる
三角にするから話ややこしい
食っては寝る暇な男になりさがる
ここからは地獄ですよと書いてない

厚底が並んで僕を威嚇する

無視しても赤信号は渡り切る

いいことがありそう耳が痒くなる

陰ながら祈るとうまい字の手紙

酒癖の悪い男がよく誘う

残り火の中でくすぶるラブレター

一枚の首の皮にも自尊心

読み返す手紙に好きと書いてない

赤札の品がわたしによく似合う

重い方を下げて帰った福袋

足踏んでいるのは美人我慢する
またひとつ小さくなったためし茶碗
宴会の好きな男で席がない
がらくたを踏んで男の道を行く
逆立ちの人間長くやらされる

日向ぼこ戦話の老いふたり

ローテーション通りに妻の料理食べ

去っていく夢は追わない自尊心

泳げないパパはビキニを撮っている

漬物とよく合うコップ酒の味

味のない酒を舐めてる妻の留守
地下街でやさしい風とまだ会わぬ
忘れっぽいからコーヒー飲んでいる
年金で暮らし支える中くらい
友の愚痴遠く聞いてるコップ酒

すげ替える首がないから生きられる
ついでにと買ったくじでは当たらない
時間割通りに昼寝してる僕
元気ですアクセルばかり踏みたがる
旨すぎる話は飛んでいるあいだ

退屈な男が眼鏡拭いている

従いてくる影が節介ばかり言う

上り竜泥鰌が後を追ってくる

茹で加減褒めて枝豆摘んでる

脇役で母が出てくる夢の中

駅までの道を二人はいい歩幅

無人駅に立って男の秋を知る

女との約束だけは忘れない

自画像を書く４Ｂが柔らかい

晩学の机で気持ちよく眠る

目玉焼くらいは出来る妻の留守

スタミナが部長の席の前で切れ

亭主風吹かして男あどけない

利口そうな顔して見てる古本屋

快調な頃のネクタイ締めて出る

仏壇に軽い怪我ですありがとう

医者のようなこと言い妻が燗つける

葬式で会いたい顔と嫌な顔

一等地ばかりに蜂が巣を作る

すぐばれる嘘をつくろう午前様

するめ噛む気持も失せた老いふたり
晴れの日の真ん中辺で欠伸する
屈折のご機嫌がいいガラス玉
二十四時打っても今日が終わらない
そろばんに強いお人が騙される

コラムからぽとりと朝を洗われる
鍵穴の向こうで金魚涼しそう
空白のページにいつも騙される
軽妙な笑いに夕日沈まない
あいまいな話に低い下駄を履く

命日にも瞬きしない額の父

商談に負けたコーヒー冷めている

ふたりなら泥の舟でも沈まない

ライバルに白い時間を食べられる

円周に沿ってとぼとぼ歩く母

リストラの近づく僕の背番号
弾まない毬にいどんだ天の邪鬼
ラストダンス相手はやはり妻がいい
変化球ばかりで若さ失せていく
踏みならす足は何かを訴える

濃い味が好きと知ってる僕の箸
駄目という山に女は登りたい
鳩尾に落ちた言葉が眠らせぬ
晩学のポッケに眠る電子辞書
満天の星に聞いてる罪の数

正論を唱えて摩る細い首

飛ばされて着地を知らぬ夏帽子

無口な愛消化不良のまま終わる

行列が好きなんですな日本人

番傘のような定年振り返る

正直な人だわたしを忘れてる
絵の中にきらり輝く僕の家
ちょっといい話に膝を崩してる
ブランコがこんなに軽い日曜日
衰えた足腰さすり顎達者

頃合を計り損ねている喜劇
社長の貌見ると出てくるじんましん
逃げ道を一つ作って手折る花
弱み持つ男の背なが涸れていく
唇のかたちがなにか寂しそう

気の弱い鬼酒ばかり飲んでいる
言うことを聞かぬ鉛筆尖らせる
リストラをされても首はついている
そろそろと書くから遺書が眠くなる
安物の金魚の方が褒められる

悪知恵が一杯飲むとよく浮かぶ

人はみな愛という字にけつまずく

山なりのボールを投げる怖い妻

幸せを掴んだ手だよ洗えない

変換のキーを叩いて新茶飲む

澄んだ目に別れ話が出来ますか

充電をしても働く職がない

円満な話の裏で糸垂らす

妻という宝で明日が生きられる

浮き草に抱かれて眠る果報者

洗うこと好きな女房に脱がされる
耳よりな話に蝿がよく止まる
駄馬にでも掛けられていた保険金
満ち足りた暮らしの中に父でいる
戻れない道で振り向く老いの足

逃げていく運と貧しい鬼ごっこ
死ぬことを忘れる人が多くなる
角曲りそれから消えた僕の地図
錯覚の目に目薬がよく滲みる
異なった意見で飯が炊けている

振り向いた如来に今日の日を貰う

理想からやがて外れていく夫婦

帰省の子まだ仏壇を離れない

広い空港斜めに渡る蝸牛

裏切りの風は黙って吹き抜ける

廃線のレールを走るかたつむり

箸の私語老いたふたりが聞き洩らす

病名を知らされ音がみな消えた

渡すのは自由わたしのラブレター

女名刺ポッケで酔ったふりをする

向い合う鏡気軽に欠伸する

ぶらんこを気軽に揺らす鳩ぽっぽ

孫からのメールに丸い字が消える

天国行き切符に長い列を見る

善人の仮面を被り墓洗う

こころの傷食べ尽くしてるピンセット
裏口を歩き疲れた札の束
コップの中に小さな平和沈めてる
旅の宿気軽に妻が酌をする
十二月やっぱり風は十二月

有頂天わたしの袖を影がひく
弾んでる毬は振り向いてもくれぬ
回り道ばかりさせてる説明書
まだ続くトンネル総理どうします
午後の雨やたら斜めに降りたがる

第四章　古時計

古時計家族のような音で鳴る
宴会の皿に盛られている私
年金の隣同士で馬が合う
満天の星を多弁にする平和
明るさが戻った朝のフライパン

長靴に履き替えている無人駅
街角の孤独がぽつり歩き出す
考えてみれば他人の知恵だった
紙人形眠ったままで春を待つ
ない袖を振ってダルマを喜ばす

開封をすれば飛び出す父の声

好きという言葉なくてもいい夫婦

ネクタイを直す女がいて困る

出世した友は方言忘れてる

近道を許さなかった父の靴

欠伸するだけの部屋には広すぎる
囲まれた中で恩師の目が潤む
散り惜しむ花よ来年また逢おう
味占めたおんながねだるので困る
カーナビに草笛吹いた道がない

格好よく滑るジェスチャーだけはプロ
警報機鳴ってるうちは目を瞑る
争いの種振り撒いていくおんな
魔法から覚めないうちに川渡る
国際語聞き分けている奈良の鹿

ままごとの庭で枝振り考える
ゆとりある老いが笑顔のフルムーン
一目惚れ足の裏まで好きになる
常連客みんな貧しい酒を飲む
カーナビにリストラされた道しるべ

感激で毒を盛ること忘れてた
記念樹に残されているぼくの背
魂が抜けないうちにするラップ
無欲でも銭の計算だけ早い
社説からひとつ迷子になる活字

月夜です別れ話はこの次に

終止符を打つ鉛筆が反り返る

泣かれるたび数えてた母の愛

退院の荷を軽々と医者に見せ

孫にならごまかしが効くわらべ唄

掌の中に眠れる如く桜咲く

気になるね長閑に妻の長電話

むかしとった杵柄　チークなら踊る

同情をする人を待つコップ酒

空白のページに濁るぼくの自負

擦り寄ったまではマニュアル通りいく

ほころびを繕うははの細い針

三拍子揃った奴がライバルに

体育の日からにしよう万歩計

地下街を斜め歩きをする師走

転ばない杖なら余生預けよう

去年より忙しい妻のカレンダー

プレミアが付いた極楽行き切符

アンテナの高い言葉に耐えている

口開けて海恋しがる冷凍魚

沈黙の男小さく尻尾振る

答えなどいらない君が来ればいい

怒ってる面も時には被りたい

コンビニの弁当立って食べている

感激の涙拾っているテレビ

夕日から挫け始めた休肝日
いろいろな水に沈んでいる涙
重い日も軽い日もある子の扇
急いでる歩幅に影が走り出す
ネクタイを結び直して社長室

合点がいかないメモに会いに行く
玄関の花押売りに笑わない
一ページ読めば眠れるぼくの本
想い出の波をラップで持ち帰る
文中にさてとあるから身構える

飲んでいる時は体調忘れてる
欠け茶碗夫婦の音は盛ってない
金魚屋が睨んでるから帰ろうか
竹輪の穴覗いて妻の機嫌とる
甘みから少し離れている余生

合鍵の鈴はわたしとよく遊ぶ
バーゲンに並んだことのない夫婦
ぼくの影僕の知らない間に眠る
公園で頓挫している棒グラフ
指切りの針千本が怖くなる

消毒の庭に小さく虫の声
約束を忘れないため手を握る
曲がり角消えた女が美しい
ぼくよりもいきいき生きている愛車
リハーサル済んで待ってる秋の虫

ほどほどでいいと言ってるのは他人
汚れてる水に童話が流れない
薄っぺらな心になっていく平和
自我消してあなたが描いた絵の中で
冷蔵庫にラップしてあるいい話

補聴器で拾う言葉は鼻濁音
千鳥足餃子の匂いぶら下げて
鈍行の駅へ忘れてきた男
後悔の涙でずれるコンタクト
ブランコに揺られて命忘れてる

ユーターン橋の向こうに見える墓

鈴付けた財布がぶらり夜の街

合掌の両手にちちとははがいる

寝違えた首で斜めに見る美人

隙間から覗かれていたいい話

ご婦人のお歳に触れている狸
食べるのも早いが逃げるのも早い
ぼくの前行ったり来たりする閻魔
鍵穴の中が美人と限らない
あれっきり騙しに来ないサングラス

急がないパンが焦げてるぼくの朝
首筋にぽつりと雫落ちて秋
コーヒーが冷めてもヒント浮かばない
一杯のコーヒーで口説くとは君
想定外レール外れていく利息

笑うだけ嗤って落ちていく夕日

よく食べた頃忘れてるめし茶碗

美人見た眼鏡で妻を見てしまう

影の方から軋み始めた膝頭

ぼくにでも掬える金魚短命だ

はじめから一人歩きの好きな影

三度目を誘う作戦立て直す

原点に戻り割箸割っている

助っ人が欲しいと思う下り坂

百円の秋刀魚を選ぶピンセット

シルバーで入場しても並ばされ
満員電車孤独になっている両手
焼とりの串を並べて愚痴零す
夏の虫集めて振っているタクト
落ちこぼれみんな拾っている夕日

便箋に余白が多くなった母

塩っぱさがまだ残っている過去の汗

駅からの道にカレーの家二軒

孫の手の届かぬとこが痒くなる

法律が出来てもしない取締り

同窓会帰った妻がよく喋る
傷ついた夜は小さく鼾かく
何色の絵の具が似合う日本地図
昨日まで夏の貌していた金魚
若返りするからあらぬ噂立つ

あっさりとしたおふくろの味が好き

成績を訊くから嫌いおじいさん

うまそうだ他人が食べているランチ

まだ青い父がバトンを渡さない

ふる里の駅に預けてきた訛

開運に駆けだしていく藁の馬
ここまでは順調でした傘畳む
家族の愛触れると動く古時計
こころの中通り過ぎてくチンドン屋
予感みな外れて今日の陽が沈む

定年の日まで動いていた電池

筆の先噛んで祝儀の額を書く

新幹線離婚話も乗せている

十指みな開いた時は美しい

飲み直す話はピント直ぐに合う

鏡から愉快な貌にされました
目が二つ揃ったダルマ歩き出す
ここまでは生きたこの先どう生きる
晩年にも一つ欲しいエネルギー
見返すと妻の笑顔が歩き出す

コピーしたように還ってくる返事
呼び止めた貌が他人になっていた
おふくろの自慢始まるいいお酒
まな板の議論が結果出したがる
一羽ずつ飛んでくださいい千羽鶴

以下同文おなじお辞儀をして貰う
一呼吸してから話すはのこと
濃厚なスープが好きだまだ生きる
まじめにもランクがつけてある真面目
真打ちが座ると耳が立ってくる

第五章

似顔絵の母

リハーサルなしの笑顔が美しい
居酒屋で帰り待ってるぼくの席
君と見る宇宙は近い距離にある
継きはぎの服遠い日の紙芝居
雑踏を潜り抜ければそこは墓

擦れ違う人も忙しい人らしい

日本語に字幕を付けているテレビ

手の平のははの涙は零さない

晩学とは厄介なもの虫眼鏡

父だけに門限がない朝帰り

もう少し被っていたい鬼の面
ムードない女の酌で酔わされる
ライバルと終着駅で手を握る
点線でか細く結び合う夫婦
おしゃべりの好きな夕日は沈まない

弥陀の眼とぱったり会った一丁目
色褪せたレッドカードを妻が持つ
当てつけが分からないから平社員
約束の花を咲かせたプランター
金貯める本を見付けた古本屋

労いの言葉を鍋に入れる妻

へっぴり腰そんな姿がいとおしい

訳ありが入り切らない冷凍庫

ポケットから出した拳が欠伸する

仏壇を開き会いたいのは母だ

白いシャツ白く洗ってくれる妻
おもちゃ箱遠い話をしてくれる
一徹な父で家中敵にする
縄のれんあいつがやはり飲んでいた
うきうきとしてるわたしはお買得

宅配便ははだと分かる緩い紐

きっかけは忘れて夫婦していきます

賞味期限切れた牛乳噛んで飲む

毒を盛る皿の絵柄がまだ描けぬ

軍手の手振って元気な万歩計

わが家にもひとりおりますサザエさん
いのち洗う君のこころの片隅で
ぼろぼろの古い仮面で居酒屋へ
血圧はまあまあですと言う主治医
先がまるい鉛筆だからははを描く

横文字で習うノウハウすぐ忘れ

ラッキーを食べても肥らない女

暗算の早い男と酒を飲む

霧の中時間通りにバスが来る

ベルトからサスペンダーで飲むビール

空からは返信メールまだ来ない

祈りごとあなたと同じことと妻

呼吸する音で生きてることを知る

年金で暮らす金魚の褪せた色

路地裏の酒で解れる部長職

酒の匂いまだ残ってる父の椅子

コスモスが伏し目で喋るから困る

厨房に賞味期限と立つ男

誕生日妻に包丁買ってやる

無礼だぞ昼寝のぼくを跨ぐ猫

孫叱る妻の口癖男でしょ

やさしさに抱かれ人形よく眠る

落語から学んだ知恵で歩いてる

初恋をそれぞれ淡く持つ夫婦

飲み込みの早い部長の早とちり

長いローン組んだ家からいい鼾
そよ風が好きと贅沢言うおんな
首を縦に振るじいちゃんは好きと孫
夜が明けてひと日短くなる寿命
君とぼく他人は結びつけたがる

目の前の三途の川が広すぎる

仰いでる空から降ってくる夫

目を瞑りゃ佛の貌になれるかな

二日酔いしてても小さく貌洗う

よく笑う家族で家が倒れそう

電話中妻の笑いが気にかかる

サバイバルゲームに勝って邪魔にされ

宇宙にも分別ごみで出す袋

暗証番号忘れて未来開かない

グループに一人もいないお金持ち

酔った振りしてる女に酔ったふり

お暇です愚痴もだんだん多くなる

なに色を足せばご機嫌白い紙

後期高齢流す蛇口をつと捻る

寒かろうな家にお入り雪だるま

信号は青しか渡らないおんな
ついでですあなたの浮気洗います
かっとなり出世が出来ぬのも遺伝
峠の茶屋番してるのはおばあさん
居酒屋を出て飴玉を放りこむ

難かしい相談ならばお隣へ

目が出たかとんとん出世をする男

海苔巻きで食べたい程のいい女

節々の痛みが取れてから笑う

後期高齢むかしの事は言えません

体操は駄目勉強はもっと駄目
テレビから最敬礼がまた映る
わが家にもデザートが出た誕生日
夕日からそっと沈んでいくコント
ぴったりと駅の時計が合っている

簡単と言ってしつこいアンケート
酔ってからなにか約束したらしい
カレンダー丸めて覗いている未来
石蹴った頃のぼくにはあった夢
父の背で叱られたことみな忘れ

頂点で小さく割れたシャボン玉

そば啜る音も入れ歯の音になる

遠因を追えば第二次大戦に

そう言えば銀行員がとんと来ぬ

奥さんがもっと美人と思ってた

年金の外に頼れるのは女房
逃げ口はこちらと書いてある飲屋
さくら咲き金の工面に走るパパ
ふつふつと母の教えが煮えてくる
赤か青どちらの鬼が来る迎え

反対の手を上げたのはぼくひとり

八合目まで生きてきた長寿国

妻を呼ぶ鈴は小さく鳴らしてる

あの頃をカラーで見たいもう一度

売れるかなボリューム上げて焼芋屋

初対面ひ孫はわしに似ていない

死神に初めて会った日の孤独

どうぞどうぞ勧められても箸がない

見上げてる坂は地獄の一丁目

寄辺ない貧乏神が門に立つ

サングラス掛けると肩が怒りだす
地下鉄に踵の音が消えだした
要点を塗り潰してる報告書
お化け屋敷みたいなすごい家に住む
子は今日を父はあしたを考える

余所行きの言葉行き交うコンサート
自由とは厄介なもの昼寝する
金欠も素通り出来ぬ募金箱
オフレコの話日に日に重くなる
門限の厳しいパパを嫌う猫

考えはユニーク誰が鈴つける

廃線の駅にしょんぼりいる個性

中立の立場をとっている無口

ワンクッション置かない話すぐ引火

顔色がいいね主治医が脈をとる

仕掛けてる罠を跨いでゆく女

ふれあいの酒は一本では足りぬ

パソコンのカルテで話し出す主治医

一本を提げて生き生き友が来る

活気ある男がしる粉食べている

万歳で終わりにしたい幹事さん
女房に言えぬ約束して帰る
言い訳が上手あんよも上手です
ちゃぶ台の料理は妻と半分こ
食べてからあれは蛙と言われても

冷静に冷静に捺す離婚印

ギャンブルは好きだが勝ったことはない

傷口に触れておじゃんになる話

他人さま何を言おうと酒が好き

父と母どちらに似ても大差ない

釈迦の手で疲れ切ってる孫悟空
シルバー席前でよろけた振りをする
星一つ班長殿の靴磨き
梅雨さ中麦藁帽が汗をかく
ぼくの過去みんな知ってる箱の蓋

ライバルと手を結ぶのは酒の席

留守宅のチャイムに貌を置いてくる

聞かれても妻には言えない探し物

余生から忘れ始めたアイウエオ

年金に左うちわがそっぽ向く

向こう岸鬼を待たせるいい余生

仮面脱ぐ酒は決まってコップ酒

腹八分ネジ巻いてやる古時計

花束を貰って娘奪われる

門灯がしゃきっとさせる千鳥足

互恵ある老後に伸びてきた輪ゴム

垂れのない話が皿に盛られてる

人間のピンチと歩いている地球

平凡な夫婦で丸い輪が描ける

軍服の似合う孫にはしたくない

軽率な言葉を拾うピンセット
相席の美人に妻の目を盗む
散り際をひとり悩んでいる造花
棚経の背中でお布施包み替え
人間に戻るパジャマの日曜日

妻の留守スイッチオンでみな出来た

白壁に名前の消えた傘がある

仏壇を開いて今日を許される

シリアスなテレビドラマを妻と見る

生き様を見てきたような風に会う

似顔絵の
母が
生きてる
笑ってる

あとがき

〝下駄履きで日常用語の句作り〟で始めた句が、今「あした吹く風」の句集として活字になりました。始めた頃の直向きな句、五年、十年と段々狡さが加わってきた句等、巧みな編集をしていただき一冊になった事を嬉しく思っております。

各地の大会、句会の入選句の乱書きを送り届け、一千句近くを選んでいただきましたが、何故か選ばれて活字になった句よりも、それに外れた句の方がいとおしく思えるから不思議です。そして、また、その句より以前に各地句会で没句になり選考対象にもならなかった句には、一層憐み、愛着を覚えました。

句集「あした吹く風」を読んでいただいた一般（知人、親戚）のお方には、一読明解な句であったと思っておりますが、川柳を嗜んでおられる方々には、未熟な句で読み応えがなかった事と思っております。しかし、どの句にもわたしの思いが込められているものであると共感をいただけたら幸甚に存じます。

この句集の巻頭を飾っていただいたのがこの人、永井河太郎様。九十一歳の高齢になっておられ躊躇いもしたが、電話での失礼を詫びながら「序文」をお願いしました。一週間後には、原稿が届き感謝をしています。ありがとうございました。

そして、忙しい業務の間に、短時間で句集に纏めてくださった新葉館出版の竹田麻衣子副編集長のご努力に満腔の敬意を表し、改めて「ありがとう」とお礼を申し上げたい。

柳友の皆様。これからも句会、大会で研鑽を積んで、第二集を発刊できるように頑張りますので、ご指導を賜りますよう宜しくお願い致します。

平成二十八年二月吉日

林　柳泉

【著者略歴】

林　柳泉（はやし・りゅうせん）

昭和７年10日２日　愛知県瀬戸市に生れる
昭和18年３月　東春日井郡（現春日井市）
高蔵寺町に転居（父の転勤）
昭和62年10月　ＮＨＫ学園川柳春秋入門
平成元年４月　豊橋番傘川柳会会員（当時）
平成元年10月　札幌川柳社会員
平成２年１月　札幌川柳社主幹斎藤大雄様より雅号「柳泉」を戴く
平成５年１月　尾張旭川柳同好会会員
平成９年１月　名古屋川柳社同人
平成19年１月　中日川柳会会員
平成20年４月　さざなみ川柳同人

●賞
平成９年２月　400号突破記念大会秀句賞　びわこ番傘川柳会
平成15年３月　大会大賞　第17回ＮＨＫ学園全国川柳大会
平成22年６月　第38回濤明賞　川柳噴煙吟社
平成23年５月　平成23年度優秀句賞　愛知川柳作家協会

あした吹く風

○

平成28年4月15日　初版発行

著者
林　柳泉

発行人
松岡恭子

発行所
新葉館出版
大阪市東成区玉津１丁目9-16 4F　〒537-0023
TEL06-4259-3777 FAX06-4259-3888
http://shinyokan.jp/

印刷所
株式会社シナノパブリッシングプレス

○

定価はカバーに表示してあります。

ISBN978-4-86044-620-8